Escravo: Cumprindo Uma Profecia

Rowan Knight

Published by 22 Lions Bookstore, 2017.

Direitos Autorais

Escravo: Cumprindo Uma Profecia
Escrito por Rowan Knight
Copyright © Rowan Knight, 2019 (1ª Ed.) Todos os Direitos Reservados.
Publicado por 22 Lions Bookstore & Publishing House

Sobre a Editora

S obre a 22 Lions Bookstore:
www.22Lions.com
Facebook.com/22Lions
Twitter.com/22lionsbookshop
Instagram.com/22lionsbookshop
Pinterest.com/22lionsbookshop

Introdução

Este livro descreve a viagem de um escravo, desde a mais profunda das pobrezas, até o cumprimento de uma profecia, um destino que ele mesmo prevê, quando afirma, em seus pensamentos: "Sinto uma tranquilidade quando olho o céu, como se estivesse a ser abraçado na paz do universo."

Como será que ele reage às tentações que lhe são colocadas no caminho e a todos os desafios? Com humildade e fé nos muitos estranhos que encontra e que o guiam até ao seu imprevisível final.

Capítulo 1 - Desprezado

Não me recordo bem de como foi minha infância. Tudo o que recordo é de sempre ter sentido fome, frio e tristeza.

Hoje, o sol nasce e se põe, mas não sinto os dias passarem. Sinto que é sempre noite, que o dia corre rápido e que não há esperança ou sentido em viver.

Entretanto, observo ao meu redor e vejo uma multidão ansiosa por se devorar. Tudo o que paira nesta sociedade parece ser ódio, violência e sexo.

As prostitutas abundam e tal é uma ironia para os casamentos que continuam sendo consumados como regra.

Parece que as guerras servem como desculpa para quando o sexo se torna maçador. É uma era de violência e sofrimento, esta em que vivemos. E ainda assim, os humanos não parecem sentir suas almas, não parecem sentir a necessidade de um propósito na vida.

Sou pobre e também a minha família. Vivo num canto de uma praça onde todos os dias olham para mim como se eu não tivesse direito a um coração que bate e pede por alimento.

A minha mãe pede esmola todos os dias. Pede pelas minhas irmãs. Pois para ela eu sou filho do diabo.

Não me considera seu filho e traz-me consigo fundamentalmente por uma questão de proteção. Sou o homem da família, depois de meu pai nos ter abandonado.

Pouco sei sobre ele exceto que me batia mais a mim do que a minha mãe. Lembro os muitos dias em que minha cabeça sangrou e minhas lágrimas escorreram pela minha face desaguando no meu peito.

Creio que me habituei a sofrer. E eis que acordo de repente destes pensamentos. Minha mãe encaminha-se em minha direção:

— "O que estás a fazer, miserável?", Pergunta ela, continuando depois: — "Estás para aqui sentado? Não dizes nada e não fazes nada? És um verme. Metes-me nojo!", e terminando estas afirmações cospe nos meus pés. Mas logo depois de virar costas se arrepende, volta-se para trás, pega-me por um braço, e com um puxão agressivo manda-me de encontro à multidão e grita: "Trabalha! Eu não te mereço. Monstro!"

Olho para minhas irmãs gémeas e penso sobre elas, Auria e Nuria. Gostava que me amassem como minha mãe não o faz, mas seguem-lhe o exemplo, no desprezo e olhares de desdém que me lançam. E findo isto, começo por mendigar junto das pessoas que caminham na praça.

Muitos me empurram, e dão-me encontrões.

Ao cair do dia, não é muito aquilo que recolho. Minha mãe foi amigável em me dar uma parte do pão que pôde comprar com as esmolas. Mas logo diz:

— "Se não existisses, minha vida seria mais fácil."

Eu sei que sim, e em tom tímido lhe respondo:

— "Não desejo mais pão. Dá-o às minhas irmãs.", Mas ela não me responde.

Afasto-me para aquilo que me alimenta o espírito e engana o estômago, e que é olhar as estrelas. Sinto uma tranquilidade quando olho o céu, como se estivesse a ser abraçado na paz do universo.

Capítulo 2 - Segredos da Noite

A noite vai dentro e todos já dormem.

Aproveito para caminhar um pouco. E entretanto me aproximo do castelo, para escutar as conversas dos soldados que fazem vigilância.

Por vezes, alguns filósofos importantes, indo ou vindo de banquetes, aproximam-se deles para conversar.

Escuto algumas das conversas. E hoje parece que um dos discípulos de Nefrates conta uma piada sobre seu amo. Todos riem!

Aproximo-me entre as silvas e arbustos para escutar melhor sem ser visto. O discípulo continua:

— "Meu mestre, no entanto, defende uma grande verdade. Ele acredita que o universo foi construído por seres humanos mas que todos esqueceram isso. Nossas almas estão embriagadas pela luxúria da carne e por isso se encontram desconectadas da grande verdade universal de que todos somos filhos dos deuses, e por isso, dignos de seus poderes. Mas eu respondi-lhe: "Mestre, mas então e o sexo com sua serva, não lhe sabe bem? Ou quando ela lhe abre as pernas você está em busca do conhecimento universal?"

Todos riram imenso. E o discípulo continua:

— "Meu mestre estava tão bêbado que olhou para mim e respondeu: "Não tentes a verdade dos deuses porque eles te castigam, e... e... e...", e ele caiu redondo no chão. Alguns dos que estavam no banquete riram ainda mais quando o viram cair e rebolar como um porco no espeto. Ahahah"

Os soldados e o discípulo não conseguiam parar de tanto rir.

Mas eis que me descuido e faço um barulho pisando um pedaço de pau seco.

Eles ouvem, olham em redor, mas não vêm nada.

— "Alguém aí? Mostre-se!", Pergunta um soldado.

Me mantenho agachado e em total silêncio até que me ignorem.

O soldado pega uma pedra e atira em minha direção, atingindo-me no braço esquerdo. Mas continuo imóvel, e sem fazer qualquer ruído.

Temendo por sua reputação, e que alguém pudesse escutar a história, o discípulo do filósofo decide terminar com sua conversa se despedindo dos soldados.

Pouco depois adormeço.

Capítulo 3 - Visitas no Reino

Acordo no dia seguinte com o barulho das carroças.

Me dirijo a passos largos até o centro da aldeia onde percebo que todos parecem se arranjar com cuidado, e apesar de que sempre vestirmos os mesmos farrapos.

Pergunto o que se passa e dizem-me que vem um grande rei à nossa terra.

Hulu Inis é seu nome. Vem da India para fazer comércio com o general romano sediado na Turquia.

Minha mãe corre com minhas irmãs para se ajoelharem junto da caravana. É um costume que toda a nossa população o faça.

Não existe uma obrigação particular nisto. Apenas tememos que alguém note a nossa presença e a tome como um insulto.

Os nobres tendem a mandar matar os mais humildes por puro divertimento sempre que os sentem atentar contra a sua reputação, ou por simplesmente se manterem à sua altura.

Debruçarmo-nos, se necessário, com nossas faces no chão, poupa-nos a muitos embaraços e problemas graves, e permite-nos manter a vida.

Lembro um de meus amigos ser executado simplesmente por ter ousado olhar um rei nos olhos. Um de seus generais fez questão de pegar por uma espada e, espetando-a vários vezes nos seus membros, deixou-o a sangrar junto dos portões do templo sagrado, agora propriedade do exército romano.

Assim que a comitiva passa, minha mãe repara que eles vêm para comprar escravos.

Nossa nação recusou-se a combater, e o que não pagou em soldados mortos, acabou pagando na entrega de escravos e dízimos.

Somos uma nação quebrada e pobre monetariamente e espiritualmente. Mas o orgulho de muitos prevalece e recusam-se a aceitar isso. Nem mesmo o rei o aceita. E por isso, é com um grande sorriso hipócrita que lhes mostra uma enorme fileira das nossas mulheres mais belas e dos nossos homens mais fortes.

Minha mãe também repara que com o rei vêm várias mulheres. Possivelmente suas aias ou concubinas, ou mesmo ambas as coisas.

— "Olha que belas elas são, e que vestidos de anjo trazem consigo!", minha mãe repara, se dirigindo a minhas irmãs.

Entre elas, a princesa, sua filha, discreta e escondida por trás de vestes reais que lhe escondem o rosto, encontra-se dentro de uma das carruagens que os traz até aqui.

Entre tons de pele negra, mista, branca e outras mais que não consigo bem descrever, vejo muitos soldados e acompanhantes.

É de certa forma difícil de distinguir as funções de cada um, pois parecem não ocupar posições predefinidas com as que estamos habituados a ver. Existem mulheres-soldado, com porte imponente e aspecto de quem tem a força de mil touros, e também existem jovens entre as ajudantes do rei.

Elas parecem rodear o rei o tempo todo, ajudando-o com suas vestes e objectos. Algumas, mais próximas dele, partilham muitas informações e pensamentos.

A princesa continua dentro da sua carroça, olhando discretamente entre cortinas. Parece-me até que olhou para mim, mas é provável que esteja errado. Estão muitas pessoas em meu redor.

Capítulo 4 - Traído

Minha mãe afasta-se de mim e minhas irmãs. Não sei o porquê. Mas fico junto a elas, quieto e sereno.

Elas são ainda muito jovens, e tenho que as proteger, mesmo que não seja forte o suficiente para combater como um soldado.

Minha mãe se dirige para conversar com um dos soldados mais graduados. E o soldado olha para mim com um ar desconfiado.

Não sei o que se passa. Mas pouco depois ela vem até mim.

— "Vai ter com aquele senhor. Ele tem algo para ti."

Obedeço-lhe, confuso, e aproximo-me deste general.

— "Vem comigo!", Ele calmamente e sucintamente me diz.

Sigo-o, observando indignado minha mãe, que parece não querer me olhar mais.

Ela parece absorvida entre sensações de tristeza e tranquilidade.

Entretanto, e num gesto brusco, o general pega-me pelo pescoço e chama alguns homens numa idioma que não conheço.

Eles correm rápido na minha direção e logo depois despem-me as roupas, arrancando-as de meu corpo.

Assustado, as lágrimas correm-me pelo rosto, pois não sei que destino é o meu.

— "Que mal eu fiz, para merecer ser castigado?", Pergunto-lhes com tremenda ansiedade. Mas eles não respondem, e eu continuo: — "Perdoem-me por ter escutado as conversas do filósofo. Não voltarei mais a fazer isso."

Eles continuam ignorando minhas palavras, como se não estivessem relacionadas com suas intenções. E então insisto: — "Por favor, me deixem ir! Não vos fiz nada! Por favor, senhores, me deixem ir!"

Agora completamente nu, eles se afastam, enquanto uma mulher forte, soldado como eles, mas de um estado mais elevado, se aproxima de mim, coloca sua mão no meu peito, e me olha com luxúria, enquanto sorri.

Ela diz algo que não entendo.

Entretanto, muito próxima do meu corpo, ela me toca por todas as partes, como que investigando e examinando minha condição física. E depois se aproxima ainda mais, para me cheirar o pescoço.

Neste momento, sua mão direita volta a tocar meu peito, descendo até ao abdomen, e seguindo até aos meu genitais. Ela os agarra fortemente na sua mão e me beija enquanto os segura.

Sua língua parece continuar me analisado, controlando e testando meu potential.

Findo isto, ela pede por uma manta para me cobrir e se afasta.

Outros homens vêm por trás e apressadamente prendem meus pulsos com correntes. E não sei o que aquele beijo trazia consigo, porque me sinto a desfalecer em tonturas. Talvez ela me tenha dado alguma droga para me acalmar.

Sinto medo, não sabendo se me vão matar ou usar-me para ser comido por algum animal, para divertimento das massas.

Eles puxam-me para o centro da multidão, e encontro minha mãe, que me vê mais uma vez. Quero pedir-lhe ajuda mas ela parece saber o que se passa e me ignorar. E nesse momento, vejo um soldado lhe entregando um saco cheio de moedas.

Ela chora e vira costas, desaparecendo entre a multidão.

Minhas irmãs mantém-se a olhar tristes para mim por mais uns segundos, mas logo a seguem.

Pude ler no olhar delas que esta era uma despedida e não mais as iria ver.

Sou colocado na fila dos escravos, para ser visto pelo rei e suas aias.

Percebendo o que se passa, limpo minhas lágrimas do rosto e entrego minha vida nas mãos do eterno Deus e seus mensageiros da sorte.

Capítulo 5 - Escolhido

Reparo que sou ainda muito novo e fraco quando em comparação com os restantes homens e mulheres oferecidos como escravos.

Vivi tantos dias de fome, que penso que meu corpo ganhou também uma forma própria, pois sou magro, muito franzino, e com grandes olhos tristes, sempre numa postura subserviente.

Até os outros escravos parecem conseguir se manter mais direitos do que eu.

Entretanto, começam as escolhas.

Estão cerca de vinte e sete entre nós para serem oferecidos ao rei. Eu sou o vigésimo oitavo. Mas o rei diz que quer apenas seis.

No final, o rei pára por uns segundos, e me olha sem dizer uma palavra.

Ele parece indignado e me observando com um olhar suspeito, como se eu fosse muito diferente dos outros.

Apontando para mim, outros percebem que eu seria o sétimo naquela escolha.

Sou preso numa fila com os outros, e colocado na última fileira da caravana. Aguardamos aí, até tarde, enquanto todos se dirigem para um grande banquete.

Capítulo 6 - A Mensagem

Cai a noite, mas a fome e a sede são sempre saciadas pelas aias do rei.

Uma delas tem piedade de mim e enquanto bebo timidamente, mas com grande sede, ela acaricia-me a cabeça e olha-me com compaixão. Sua mão direita segura na tigela de água e a esquerda pousa na minha cabeça, descendo suavemente até minha face onde para enquanto termino de beber.

Foi dos gestos mais amorosos que senti até aquele dia. Nunca tinha sentido algo assim. Foi muito reconfortante. Parecia até que ela se estava apaixonando por mim.

— "Espero te encontrar em breve", Ela disse, quase que sussurrando ao meu ouvido, quando terminei, logo depois se afastando timidamente de mim.

À medida que ela continuou dando de beber e comer aos restantes escravos que se encontravam comigo, eu procurava por alguns amigos, mas não conseguia ver ninguém que reconhecesse. E então me encostei na rocha junto a mim para dormir.

É comum os mortos falarem comigo durante meus sonhos, e novamente isto sucedeu.

Nunca sinto medo, mas antes tranquilidade, quando isto acontece. Pois é como se eles quisessem me ajudar.

Através destes sonhos, várias pessoas da minha aldeia, que já haviam falecido, se aproximam de mim, e tocam-me amigavelmente. Alguns até se ajoelham na minha frente. Mas nem sempre consigo perceber o que dizem. Falam um dialeto que não entendo.

Parece-me que querem dizer alguma coisa repetidamente, mas não consigo perceber bem o que é.

Entretanto, um deles, mais alto e vestido de negro, aproxima-se, e os restantes se afastam ao mesmo tempo. Ele me agarra com sua mão direita em minha mão direita e diz:

— "Os teus velhos dias terminaram e novos dias chegarão. Sossega, pois não és filho deste mundo e nós estamos contigo o tempo todo para que não te sintas sozinho nesta caminhada espiritual. De dia, como de noite, nós estamos a teu lado", Ele disse.

— "Quem sou eu?", Pergunto.

— "Tu és o único que é. E nós somos para ti como tu és para nós", ele responde, logo depois se afastando com os restantes espíritos.

Uma grande imagem de branco profundo invade minha mente, como se estivesse sendo inundando com uma energia de luz, paz e tranquilidade.

Desperto, já no dia seguinte e apressadamente, com os pontapés de um dos soldados. Estávamos prestes a iniciar uma grande viagem.

— "Vamos, vamos, rápido! Acordem todos e se alinhem levantados", O soldado dizia ao grupo.

Capítulo 7 - A Viagem

Escuto as cornetas tocarem. O sol já nasceu e estão a acordar os nobres para a viagem que se avizinha.

Os camelos levantam juntamente com os homens do rei. E este, junto com a princesa a seu lado, se encaminha na direção da caravana.

Após as despedidas e outras formalidades, nos colocamos a caminho.

Enquanto saía da minha terra, esperava ver alguém conhecido. No mínimo, minha própria família. Mas ninguém lá estava para se despedir de mim.

Meu coração está em grande aperto, tamanho é o sofrimento sentido. Mas respeito os destinos que Deus coloca no meu caminho, e em reverência e humildade sigo com a caravana. A tristeza me consome mas não posso parar.

Alguns tempo depois, a princesa coloca sua cabeça fora da janela, e olha para trás, colocando-me na paisagem de seus belos olhos. De alguma forma, ela parece empatizar comigo. Mas não ouso olhá-la de frente.

Não sou merecedor de tais honrarias. Baixo meus olhos e cabeça na direção do solo enquanto caminho.

Ao sairmos das areias do deserto, o solo se altera e se torna mais difícil de caminhar. Alguns de meu companheiros de viagem queixam-se de suas feridas. E o rei dá ordens para acamparmos no local.

Ao pararmos, notamos o como aquele local é belo.

Ainda é de dia. Os raios de sol atravessam as folhas das árvores.

De repente, a princesa repara que estou olhando em direção a um grande pássaro de asas brancas e o observa também, indignada comigo. Mas sou interrompido com um toque no ombro.

— "Vai procurar lenha com estes soldados que te vão ajudar", Dizem-me.

Tenho que ajudar na preparação do jantar dos súbditos do rei.

Enquanto me preparo para a caminhada, ouço a princesa pedindo para se juntar ao meu grupo, a fim de conhecer a região.

O rei permite e ordena que mais cinco guardas acompanhem a princesa.

Enquanto caminhamos, dou-me conta de que o local parece muito calmo. Nunca vi nada assim. É uma tranquilidade que nada tem a ver com o barulho diário da aldeia onde vivia com minhas irmãs. E que estarão elas a fazer agora? Será que estão bem? Pensava para comigo. Acredito que o grande Deus do planeta as protege.

— "Ahhhh, minha cabeça!", grito.

— "Estás bem?", Pergunta a princesa ao longe.

— "Senti uma dor forte! Peço desculpa sua alteza", Respondi.

Era como se esta dor fosse algum tipo de aviso para sair daquele local. Mas um soldado logo interrompe:

— "Despacha-te porque não temos o dia todo", E prepara-se para tirar o chicote de sua cinta. Mas a princesa logo o impede, colocando sua delicada mão sobre a dele.

— "Não é necessário", Ela diz. E caminha para mim:

— "Deixa-me te ajudar!"

— "Não posso permitir isso, sua alteza."

— "Vamos, não te preocupes. É divertido para mim procurar a lenha contigo."

Nesse momento, reparo em algo estranho entre os animais. Levanto o olhar e reparo no esvoaçar de alguns pássaros.

Um dos soldados parece também sentir que algo de estranho se passa e desembrenha sua espada, enquanto os outros simplesmente nos olham com estranheza.

Capítulo 8 - As Sombras

E is que algo parecido a uma flecha atravessa o pescoço de um dos soldados. Mas apenas escutamos um som fino vindo do ar. Não se vê a flecha ou o atacante.

Seu pescoço começa a libertar um esguicho de sangue, enquanto o soldado cai no chão, morto.

O soldado que tem sua espada levantada rapidamente a lança contra um arbusto onde nada vemos. Mas um grito agudo e áspero, irritante aos ouvidos, daí sai.

Sombras movem-se rapidamente na nossa direção. Parecem apenas visíveis no solo e nas árvores.

Não conseguimos ver o que se aproxima. E, enquanto os outros soldados tremem de medo, consigo manter a calma, pois escuto do invisível uma voz:

— "Nada temas, mas prepara-te!"

As sombras colocam-se de imediato em fila entre mim e os soldados e os atacam a todos em simultâneo, que não têm como se defender, rodeando a princesa de seguida.

Ela parece calma.

E então começam a falar num idioma estranho e muito rápido com ela.

Eu não consigo entender nada, mas parece a língua dos mortos, a mesma que antes escutava nos meus sonhos.

Logo depois, estes seres se materializam com vestes e capas negras, e olham para mim, antes de desaparecerem entre as árvores da floresta.

Todos, excepto um, que caminha para mim e me olha fixamente, incomodado, antes de se juntar aos outros.

Sou interrompido pela princesa.

— "Vem comigo! Não tenhas medo!", Diz-me a princesa enquanto pega minha mão.

Encaminhamo-nos de volta, como um par de namorados, pois ela nunca larga da minha mão o tempo todo. Até que chegamos junto do acampamento, e ela larga da mão para gritar em tom assustado.

— "Este jovem me salvou de uma trágica morte. Todos os outros soldados que nos protegiam morreram. Mas graças a este escravo estou viva."

— "O que aconteceu? Quem vos atacou?", Pergunta o rei.

— "Demónios! Nunca vimos nada assim. Eram demónios!", Responde a princesa em total ingenuidade fingida.

O rei se aproxima de mim e, colocando sua mão no meu ombro, afirma:

— "Muito bem, meu rapaz! Deus está contigo e te protege graças a tua coragem e dedicação. Hoje irás jantar entre nobres!"

— "Obrigado, sua majestade, mas não sou digno de tal oferta. Em respeito a todos, e principalmente meus companheiros de viagem, peço que me deixe voltar para junto do grupo a que pertenço", disse timidamente.

O rei estava espantado com minha humildade.

— "Com todo o respeito, meu rapaz, que tua vontade seja servida!", E dito isto, ele me deixou voltar ao grupo.

Ao chegar junto do grupo de escravos, pego em minha tigela para comer o mesmo que eles. E fico a pensar no que realmente sucedeu.

Não consigo entender o que se passa com a princesa, nem o porquê de ter tido aquela conversa com tais criaturas que lhe assassinaram os soldados.

Capítulo 9 - Rituais

Chega a noite, e alguns retiram-se para rezar. Uma jovem negra muito bela que estava entre nós, e com uma religião bem distinta da do resto do grupo, se aproxima.

— "Queres te juntar a mim para rezar?", Ela pergunta.

— "Como rezas?", Lhe pergunto.

— "Minha religião trata de uma prática de união com o universo. O objectivo é a entrada no campo de luz que tudo une."

— "Estás me dizendo que tudo está composto da mesma energia?"

— "Sim!", Ele responde prontamente. — "Todas as pedras, animais, e plantas se unem num mesmo plano universal, e a importância de estarmos conectados com tal fonte de energia."

— "Essa atitude perante a vida é muito interessante. Gostava de entender mais!", Disse, enquanto me juntava a ela.

Nos inclinamos na direção do chão por alguns segundos, em reverência à deusa lunar, e depois nos sentamos de coluna direita e olhos fechados.

— "Fica tranquilo, e relaxa, que a deusa comunica contigo assim!", Ela me diz.

Ela deve ter percebido que eu não estava conectado o suficiente a minha alma, porque pousou sua mão esquerda no solo e a direita logo abaixo de meu pescoço.

— "Relaxa!", Ela disse novamente, para me tranquilizar.

Nesse momento, sinto uma enorme corrente de energia atravessando meu corpo. E não consigo entender onde começa e termina tal energia. Apenas sei que atravessa minha cabeça e percorre toda a minha coluna até meus membros.

Minhas mãos e pés parecem arder como o fogo.

Ela continua me pedindo para estar calmo:

— "Não tenhas medo! O fogo que sentes é o queimar natural da energia negativa em ti. A mãe natureza está te purificando. Mantém-te calmo!"

Apesar de sentir como se todo meu corpo estivesse em chamas, o momento é extraordinário com esta grande força em mim.

Minha mente parece estar a expandir e se liberando das amarras dos medos. Sinto uma harmonia maior para com o que existe em meu redor, como se de olhos fechados e neste momento conseguisse sentir os movimentos de todas as pessoas, dos animais, de tudo. E eis que terminamos.

— "Como te sentes?", Pergunta ela. — "Já agora, meu nome é Jingh", Ela diz com um sorriso.

— "Me sinto formidável!", Respondo em tom muito calmo e alegre, mas confuso também.

Ela me abraça.

— "Fico muito feliz por te teres juntado a mim", E, logo de seguida, Jingh retira uma pulseira de seu braço direito e a coloca em minha mão.

— "Esta pulseira representa a força da terra. Precisas mais do que eu. Já tenho muitos anos de prática. Esta pulseira irá te ajudar mais a ti, agora que te inicias nesta caminhada espiritual."

— "Muito obrigada!" Respondo humildemente.

Jingh me dá mais um forte abraço e se retira para se juntar às outras servas. E eu me retiro para meu local de repouso. Mas escuto uma voz que me faz olhara para trás.

— "Espera!", diz Jingh, enquanto corre para mim.

Ela então pega meu rosto em suas mãos e me beija.

— "Boa noite!", ela diz com um sorriso, enquanto corre de volta, sem me deixar responder.

Capítulo 10 - Um Mundo Paralelo

Durante a noite, os soldados estão em alerta máximo, devido ao sucedido. Algumas das aias cantam, para ajudarem os soldados a se manterem despertos.

Uma até começa a dançar em torno da fogueira, e de modo sedutor. Ela está essencialmente a dançar consigo mesma, expressando sua beleza, mas os soldados a miram extasiados e hipnotizados, enquanto toda a restante comitiva dorme profundamente.

De repente, ouço um ligeiro chiar de uma porta de carroça, enquanto o rei ressona por dentro.

É a princesa, saindo cuidadosamente e discretamente.

Me levanto para a seguir, curioso do que ela vai fazer, e para a proteger também de qualquer perigo que possa surgir.

Ela se afasta o suficiente e se coloca de frente para as árvores.

Sua postura é muito calma e sólida, como se estivesse esperando por algo, e com total confiança em si mesma.

Ao me inclinar ligeiramente, e entre rochas, noto seus olhos completamente brancos e abertos, como se estivesse possuída por algum espírito.

Os soldados não se dão conta de nada. Parecem distraídos com as aias.

Agora são duas, dançando entre si e em torno da fogueira, se tocando e se beijando, enquanto uma terceira faz danças no solo de modo muito sexual.

Durante tal distração, a princesa começa a falar pausadamente. Mas não entendo o que ela diz e não vejo a quem se dirige. Não parece haver nada na frente dela.

Alguém me toca no ombro e pulo assustado. Mas rapidamente coloca a mão em minha boca. É Jingh!

— "Não deixes que te vejam. A princesa está a conversar com os Yahzuras."

— "Quem são?", Pergunto.

— "Mensageiros espirituais que vivem entre reinos; o mundo dos mortais e o mundo deles."

— "Que mundo é esse?", Lhe pergunto.

— "É o mundo dos mortos!"

Pauso em espanto.

— "Como eles atravessam para a nossa realidade?"

— "No mundo deles existe um portal que se liga ao nosso. Mas não possuem permissão divina para o atravessar. Eles têm que o fazer através dos vivos, e esse portal sempre tem um tempo limite de abertura."

— "Não entendo! Porque conversam com a princesa?", continuei.

— "Ela é um deles."

Comecei a me questionar se eu também seria, pois não me mataram.

— "O que querem eles dos mortais?"

De repente escutamos gritos de um dos generais.

— "Que fazem vocês? Vão acabar nos matando a todos! Voltem ao trabalho."

Parece que os soldados se deram à fornicação com as aias que dançavam, porque as vimos correr com as roupas em mãos.

— "Vamos voltar rápido, antes que se deem conta de que saímos do grupo!", Disse Jingh, enquanto me pegava na mão e me levava com ela.

— "Não olhes para trás, porque os espíritos podem sentir tua presença!", Jingh me disse, enquanto apressadamente me levava pelo caminho mais seguro.

Já junto ao acampamento, vi a princesa chegar em silêncio.

Ela parou e olhou na minha direção, e seu olhos se converteram do branco para o verde normal dela. E de sua face muito séria, ela esboçou um sorriso para mim, como se soubesse que eu a tinha visto.

Ela então entrou na carruagem real, e eu me inclinei para trás, para adormecer.

Capítulo 11 - A Chegada ao Palácio

Pela manhã todos acordámos ao som da trompeta.

Me levantei e Jingh chega, pega pelo meu braço, e me puxa para ela.

— "Estás bem?", ela pergunta.

— "Sim! Porque perguntas?", Perguntei de volta.

— "És um rapaz corajoso! Mas não arrisques a morte sem que isso tenha um sentido. Os Yahzuras são seres letais, e não só em carne mas em espírito. Há todo um mundo para além deste véu que desconheces. E é mais fácil assim. Em outros tempos..."

— "Não quero conversa!", Interrompe um soldado. – "Apressem-se a caminhar! Temos que partir rápido daqui!"

Tive que me separar da Jingh, para que ela voltasse ao seu grupo.

— "Depois te conto!", Ela disse enquanto se afastava.

Horas depois, estávamos perto do palácio e, ao vê-lo, reparei o quão lindíssimo era.

Nunca tinha visto nada assim. Era um paraíso entre muralhas. E os montes estendiam-se num grande verde com árvores de muitas cores e frutos, a maioria dos quais nem sabia que existiam.

Já muito perto, percebi que os locais estavam todos bem vestidos, com lindas roupas de muitas cores.

Não possuíam muitos adornos, mas apenas um manto de seda sobre seu corpo. No caso das mulheres, este vestido era transparente o suficiente para que todos os seus contornos pudessem ser vistos. Estavam praticamente nuas.

— "É assim que elas conseguem um marido antes dos vinte e cinco anos de idade", sussurrou Jingh ao meu ouvido, ao me ver estupefacto com a experiência.

Por outro lado, os homens não pareciam muito diferentes das mulheres, pois tinham cabelo comprido e não usavam barba.

Jingh se aproximou de mim para continuar a me explicar mais sobre aquela cultura.

— "Não existem diferenças entre homens em mulheres, excepto nos rituais de acasalamento. Ambos se vestem de modo diferente para se atraírem também de modo diferente. Mas fora isso, existem mulheres soldado na mesma quantidade que homens, e os escravos do sexo masculino e feminino também interagem bastante."

— "Interessante! Nunca tinha visto nada assim!", Respondi.

— "Talvez fiquemos juntos!", Disse Jingh com um sorriso maroto, logo me dando uma palmada do rabo.

Capítulo 12 - O Imprevisível Palácio Real

Chegámos ao palácio e fomos recebidos com muita gentileza. Algo muito diferente da brutalidade a que estava acostumado na minha terra.

O palácio era muito limpo e arrumado por dentro, com excelentes objetos de arte em decoração.

Pouco depois, fomos separados. Mas enquanto os outros escravos foram levados para fora do palácio, nos pediram, a mim e a Jingh, que permanecêssemos quietos onde estávamos.

Em sinal de respeito e veneração, e para nossa surpresa, algumas das aias do castelo nos pediram que as seguíssemos, para conhecer nossos aposentos. Jingh foi depois encaminhada a seu quarto por algumas aias, enquanto eu era encaminhado para outro, por outras.

Meu quarto era agradável, limpo, e tranquilo, com uma janela sobre o vale. E me aproximei da janela com espanto.

— "A vista daqui é magnífica!", disse com admiração.

Mas as duas aias não me responderam. Antes sorriam uma para a outra, como se estivessem felizes com a minha presença.

A porta estava prestes a fechar-se, quando elas a abriram novamente e me disseram em meu idioma:

— "Eu sou a Kasiah e esta é minha irmã, Zofiah!"

Eu estava muito surpreso com o nível de educação e respeito que me mostravam, bem como sua beleza.

Por outro lado, o vestido de seda transparente que traziam vestido, tornava muito difícil para mim não reparar nos belos peitos desta lindas irmãs.

— "Muito obrigado pela amabilidade que me mostram!", Disse, procurando distrair meus olhos para o rosto delas e me concentrar nos seus belos olhos.

— "Somos princesas e irmãs da Yinh que te acompanhou na viagem, mas se precisares de alguma coisa, podes sempre nos chamar e estaremos à tua disposição para tudo."

Eu não podia entender. As princesas à disposição de um escravo?

— "Mas eu é que tenho que estar sempre à vossa disposição!", Respondi humildemente, confuso com a situação e a tremenda amabilidade que estava recebendo.

— "Existem muitas coisas que entenderás mais tarde, mas para já, podes nos falar como se fôssemos iguais", Diziam sorrindo, enquanto pareciam muito alegres com a minha presença.

— "Não entendo!", Desabafei, confuso com a situação.

— "Tens bom coração e és como te imaginávamos", Disse Zofiah, enquanto olhava para Kasiah sorrindo, a qual respondeu:

— "Na realidade és bem mais atraente do que eu esperava."

Eu não sabia o que responder, mas Zofiah continuou:

— "Muito provavelmente, nosso pai irá pedir que o acompanhes em nossas atividades. Mas para já vamos te mostrar o palácio!", E, pegando-me pela mão, Zofiah puxou-me para fora do quarto. Mas com medo de ser castigado a parei.

— "Por favor, não so digno de vos tocar."

— "Ora, tu não és escravo. Para já isto é tudo o que precisas saber."

Kasiah não resistiu, e se aproximou de mim sem palavras, para me beijar.

— "O que estás a fazer?", Disse Zofiah, enquanto pegou nela para a afastar de mim. — "Ainda é muito cedo para isto."

E assim elas se foram, fechando a porta do quarto, enquanto me deixavam só.

— "Falamos mais tarde", Disse Zofiah.

Capítulo 13 - O Ataque Final

Curiosamente, todos naquela terra despertam ao mesmo tempo, com cânticos e não com cornetas.

Um coro de mulheres de aspecto angelical, entoa cânticos sobre uma montanha junto ao palácio, enquanto o sol brilha sobre aquela linda terra de muitas cores. E todos parecem trabalhar com alegria, o tempo todo.

Até os escravos que vinham comigo, se tornaram felizes com seu destino.

No final daquele dia, no entanto, a felicidade é abalada. Uma grande tempestade atinge a região.

O céu fica totalmente negro. E pouco depois escuta-se um conjunto grande de cavalos, parecendo surgir do nada, do vazio.

Ao se aproximarem, escutam-se gritos na aldeia:

— "São os Yahzuras!"

Pensei que minha felicidade havia terminado de maneira rápida, e a morte havia chegado. Mas eles pararam à entrada da cidade, para conversar com o rei e seus generais.

O líder dos Yahzuras, Yah-Rah, surpreendendo entre todos os seus soldados, aproxima-se do rei sozinho. E logo depois, continua com a seguinte mensagem:

— "Um gesto de humildade pode te salvar, oh rei. Entre vós, recolheste escravos, e entre estes humildes escravos, um é mais humilde que todos os outros. Um deles, pertence ao nosso reino. Ele é a reencarnação de um de nós. Se casares a tua filha com ele, te deixaremos em paz para sempre."

— "Minha filha?", Questionou o rei confuso. — "Mas eu tenho três filhas. E duas já estavam destinadas pelas estrelas a casar ao mesmo tempo, com o mesmo homem. Estamos a falar da mesma pessoa, ou são homens diferentes?"

Eu estava realmente muito confuso. Do que estavam eles a falar? E era possível casar duas mulheres com um homem só nesta terra? Nunca tinha visto tal coisa antes. E porque quereria o rei casar as duas filhas com o mesmo homem? Não podia entender nada.

— "Nós não decidimos. Nós apenas observamos", Continuou Yah-Rah.

— "Como podemos identificar o escolhido por vós?", Perguntou o rei, consciente da sua necessidade de resolver este problema para salvar seu território, como as estrelas haviam indicado.

A princesa Yinh, que me havia acompanhado na viagem, interrompeu antes que uma resposta fosse possível.

— "O escolhido, será apontado por esta pedra em minha mão", Ela disse, enquanto se aproximava com uma pedra negra em sua mão estendia. E logo continuou: — "E ele irá casar com as três filhas do rei, e será rei, ele mesmo, e de dois reinos."

— "Porque fazes isto, minha filha?", Perguntou o rei a Yinh, confuso com a situação.

— "Porque tu, meu pai, és apenas rei de uma terra entre mortais. E teus crimes de guerra têm que ser punidos. Eu nunca fui tua filha. Eu sou a reencarnação de uma rainha que tu mataste. Vim do reino dos mortos como tua filha, para te retirar o poder. Mas vi que mudaste com os anos, e que não mereces sofrer como me fizeste sofrer. O teu arrependimento não será ignorado. E, por isso, tens agora uma oportunidade para te reformares, sem perderes a vida, te tornando um humilde mortal."

— "Foi por isso que me pediste por mais escravos?", Perguntou o rei, tentando compreender a situação.

— "Sim! Eu precisava encontrar aquele que era meu rei, e que tu também assassinaste. Mas sua humildade o engrandeceu em espírito, e ao renascer como escravo, sem as memórias do passado, ele se tornou três vezes superior em energia a quem era. Por isso, ele deve agora ter três mulheres, de forma a canalizar toda a sua energia e, com a nossa ajuda, equilibrar as forças entres os dois reinos, que para sempre estarão abertos."

— "Porque queres uma porta de abertura entre o reino dos vivos e o dos mortos? Isso significa a imortalidade, para todos", Pergunta o rei a Yinh, confuso.

— "Sim, mas é uma imortalidade decidida por nós, e não mais pelo Deus do Sol ou da Lua."

Jingh, ao escutar isto, puxou pela espada de um dos soldados, e se dirigiu a Yinh para a matar, enquanto gritava: — "Nãoooo! Nuncaaaa!"

O líder dos Yahzuras, Yah-Rah abriu a mão na direção dela, e a parou, num transe. E em segundos retirou seu espírito do corpo.

Ao despertar fora do seu corpo, Yah-Rah lhe disse:

— "Pertences ao reino da lua, e lá serás mais feliz"

Dito isto, ela viu seu corpo de luz desaparecer.

O rei aproveitou a oportunidade em que todos estava distraídos, para desembrenhar sua espada e a colocar junto à garganta de Yinh.

— "Eu serei o único rei. Não existirá mais ninguém no meu lugar. Não irei abdicar de tudo o que obtive com muitas guerras. E irei te matar novamente se tiver que ser, porque se tu morreres, todos os Yahzuras perdem a razão da batalha e terão que ir embora", Disse o rei apavorado, mas sentindo que tinha o controle da situação nas mãos.

— "Sim, é verdade, meu rei", Respondeu Yinh, enquanto se virou para olhar o rei nos olhos. — "Excepto que o destino não te pertence. O teu tempo terminou."

E ao dizer isto, o rei sentiu um aperto no peito. Estava tendo um enfarte. E morreu ali mesmo, na frente de todos.

— "Meu povo!", Gritou Yinh depois. — "Chegou o momento de realizar a grande profecia. Entre nós temos um profeta, e a pedra do reino dos mortos, que trago em minha mão, irá revelar quem ele é. Através dele, todos os que possuam moralidade elevada e sejam empáticos, para sempre serão imortalizados, e poderão viver entre mundos, sem nunca esquecerem suas muitas vidas anteriores. Nosso reino será composto por imortais."

Os aldeões, ao escutarem isto, entenderam que a profecia das estrelas estava se realizando naquele momento, e todos se ajoelharam na frente de Yinh em humilde veneração.

Capítulo 14 - A Profecia

"Eu não serei rainha soberana, mas rainha do meu rei, em conjunto com minhas irmãs, Zofiah e Kasiah. E as três juntas, iremos canalizar a energia do vosso rei, e profeta. Ele será um rei entre mundos com a nossa ajuda", Afirmou Yinh bem alto, enquanto estendia sua mão na frente de todos, e a abria para que a pedra revelasse, sem dúvidas, quem o novo rei seria.

Então, aquilo que parecia uma pedra normal, de cor negra, se tornou transparente, e depois uma luz verde muito clara surgiu do centro desta transparência.

O brilho da pedra apontou em minha direção, como um raio de luz.

Kasiah pegou minha mão direita, e Zofiah pegou minha mão esquerda, e me encaminharam na direção de Yinh.

— "Sabíamos que eras tu, pelos muitos sinais que recebemos, mas precisávamos esperar o momento certo para obter a confirmação. Estou feliz que sejas mesmo tu, pois gostamos muito de ti", Disse Yinh.

Nesse momento, os Yahzuras desapareceram como nuvens, para o reino dos mortos.

Desse dia em diante, ocupei a posição de rei, e com minhas três rainhas, formávamos rituais constantes de energia, que permitiam que todos os espíritos de gente de bom coração pudessem reencarnar com facilidade no nosso reino, e lembrar todas as suas vidas anteriores.

Graças a nós os quatro, e a nosso reino, a energia do planeta se transformou. E para sempre fomos os muito amados nobres.

De escravo, havia me tornado em profeta e rei, e para sempre liderei o destino do mundo, com minhas três muito amadas rainhas, no sentido da paz, sabedoria, harmonia e felicidade.

Pedido de Revisão

Caro leitor, Obrigado por adquirir este livro! Eu adoraria saber sua opinião. Escrever uma resenha de livro ajuda a entender os leitores e afeta as decisões de compra de outros leitores. Sua opinião importa. Por favor, escreva uma resenha! Sua gentileza é muito apreciada!

Lista de Livros

Livros escritos pelo autor:
Agne: Na Mente de Uma Narcisista
Desencanto: Poemas de Rowan Knight
Destino: Quando Encontramos a Alma Gêmea
Escravo: Cumprindo Uma Profecia
Inumana: Cartas Para Uma Narcisista
Profecia: Uma Mensagem Para a Humanidade
Quimera: Quando Uma Ninfomaníaca Se Apaixona
Uma Chance: 20 Histórias Curtas, Imprevisíveis e Com Uma Lição Moral

About the Publisher

This book was published by the 22 Lions Bookstore.
For more books like this visit www.22Lions.com.
Join us on social media at:
Fb.com/22Lions;
Twitter.com/22lionsbookshop;
Instagram.com/22lionsbookshop;
Pinterest.com/22LionsBookshop.